안 하던 걸 해 보는 중입니다

안 하던 걸 해 보는 중입니다

초판 1쇄 발행 2025년 3월 20일
(춘분, 봄의 시작에서)

지은이 | 하재희

펴낸곳 | 은둔책방 (은둔책방)
디자인 | DESIGN 봄봄

ISBN 979-11-988797-2-1 03800

안 하던 걸 해 보는 중입니다

“ 꾸준히 물음표를 던지며,
삶을 아름답게 바라보는
사람이 되고 싶어서 ”

| 목차 |

마음에 남는

페이지가 있길 바라며,

명랑한 은둔자

요즘 나를 정의하자면 '딱 이거다.' 라는 생각이 든다.

바로 동네의 어느 카페에서 우연히 마주한 책 제목에서

발견한, '명랑한 은둔자'.

'명랑하다'는 유쾌하고 활발하다는 의미인데, '은둔자'

는 또 웬 말인가?

사실 내가 가지고 있는 기본값은 긍정적이고 명랑한

생명체이지만

은둔하고 있는 요즘이다.

요즘

나만의 은둔을 이 책에 차곡차곡 쌓아가며,

내가 지금까지 경험했던 것들에 물음표를 던지며,

나의 생각들을 기록하고 있다.

의도 없는,

그리고 목적 없는 은둔을 수행하고 있는 중이다.

때론 모든 현실적 의무에서 벗어나
각자의 명랑함을 잃지 않기 위해
나만의 은둔을 즐기는 시간이 필요하다고 생각한다.
그리고 은둔에 오롯이 몰입하게 되면
자연스럽게 나타나는 것들이 있다.

그래서 요즘 나는
'은둔자'
단, 명랑함을 잃지 않겠다.

덧붙여서 지금 이 글을 쓰고 있는 순간,
함께 나누고 싶은 타인의 글이다.
우연히 마주친 타인의 문장에 나의 명랑함이 더 깊이 발현되는 순간이다.

1.

명랑하기는 성격만으로 되는 일이 아닌 것 같다. 명랑하기는 윤리이기도 할 것이다. 늘 희망을 가지려고 애쓰고 다른 사람들을 사랑해야만 명랑할 수 있지 않을 까.

-황현산, 내가 모르는 것이 참 많다

2.

그래, 누군가 내게 추구하는 것이 있느냐고 묻는다면 명랑성이라고 말하고 싶다.

살다 보면 '명랑하기'는 녹록지 않은 일이다. 아직 한참은 내공을 더 쌓아야 내가 원하는 만큼의 명랑성을 획득할 수 있을 것 같다.

-김은경, 습관의 말들

단,

고독할 순 있지만 고립되지는 말자.
외롭고 쓸쓸할 순 있지만 홀로 떨어지지는 말자.
타인만을 생각하라는 것이 아니다.
단, 타인과의 관계성을 포기하는 것은 위험하다.

'파고듦(digging)'이 멈춰지지 않는다면
이것만은 기억하며 각자의 파고듦(digging)과 은둔의 시간을
보낸 후 다시 평범한 일상으로 돌아오면 된다.
끝까지 가지는 않았으면 하는 마음이다.

당신만의 은둔을 즐기는 방법은 무엇인가요?

나의 생추어리, Sanctuary

엄마.

'생추어리(Sanctuary)'는 안식, 보호, 피난처의 의미를 담고 있다.

당신은 나의 생추어리로서
언제나 편안함을 주고,
내가 어려움을 겪을 때마다 나를 지켜주는 존재입니다.
여전히 아름다운 당신께 감사함을 전합니다.
당신을 존경하고 사랑합니다.

지금 당신의 생추어리는 누구/무엇인가요?

나의 코나투스, Conatus

아빠.

'코나투스(Conatus)'는 경향, 노력, 관성, 욕망의 의미를 담고 있다.

당신은 나의 코나투스로서
나의 의지와 끊임없는 노력에 가장 큰 활력소를 주고,
언제나 나를 이끌어주는 존재입니다.
여전히 멋진, 존경하는 당신께 감사함을 전합니다.
당신을 응원하고 사랑합니다.

지금 당신의 코나투스는 누구/무엇인가요?

나의
퀘렌시아, Qurencia

나의 안식처, 안전함과 평안함을 오롯이 느낄 수 있는 공간이 있을까?
에 대한 질문을 던져보았다.

지금 내가 생활하고 있는 나의 집일까? 아니면 부모님이 계신 본가 인가?

퀘렌시아에 대해 '어딜까?' 고민하다 드는 생각은

나의 퀘렌시아는 공간에 대한 개념이 아니라 사람의 존재 자체인 것 같다는 생각이 들었다.

즉,

'누구랑 함께 하고 있는가'에 따라 나에게는 그 공간이

그때의 나만의 쿼렌시아가 된다.

서로에게 위안이 되어주고,

서로의 평안과 안녕을 가장 크게 빌어주며,

각자의 그대로의 모습대로 자연스럽게 있을 수 있는

그런 사람이 있는 곳이

나의 쿼렌시아이다.

지금 당신의 쿼렌시아는 누구/어디인가요?

나의 골디락스, Goldilocks*

너무 뜨겁지도 차갑지도 않은 균형 상태
성장하고 있음에도 과열되고 있지 않은 상태

골디락스는 곰이 끓인 뜨거운 수프, 차가운 수프, 적당한 수프 중에 너무 뜨겁 지도 차갑 지도 않은 수프를 선택했고, 너무 딱딱 하지도 부드럽지도 않은 적당한 침대를 선택했다.

'추구미'라는 말이 있다.
나의 커리어에 대한 방향, 즉 본업 추구미는 '골디락스'이다.
성장하고 있음에도 과열되고 있지 않은 상태이다. 어제보

* From. 영국의 전래동화 골디락스와 세 마리 곰

다는 나은 오늘을 나 자신을 위해 쌓아가고 싶지만 내 스스로가 마모되는 삶을 살아가고 싶지는 않기에 말이다.

적당한 바람이 선선하게 부는 걷기 좋은 주말이라 평소 가보고 싶었던 카페에 가보기로 했다. 요즘 나는 프친자(프렌치 토스트에 미친자)라서 경험해보고 싶은 프토가 내 눈길을 사로잡으면 위치를 저장해두고 여유가 있을 때 혼자 다녀오곤 한다. 오늘은 북한산이 보이는 동네로 마실을 다녀오기로 마음을 먹고 집을 나섰다. 정말 맛있게 먹기 위해서 공복의 멘탈을 부여잡고 아직 완전 회복되지 않은 내 오른쪽 발모가지를 보호대로 부여잡고 지하철역으로 향했다. 역에 내려서 카페로 향하는 길목에서 같은 방향으로 앞에서 걸어가고 있는 세 명의 중년 여성의 이야기를 듣게 되었다.
잠깐 흠칫하며 발걸음을 멈추게 되었는데 바로 나랑 같

은 본업에 있는 분들이었다. 혹시나 해서 힐끗 봤더니 안면이 있는 사이는 아닌 것 같았다. 마음을 놓고 다시 그들의 이야기를 미스브릴하게 되었다. ('미스브릴(Miss Brill)'이라는 말은 영문학도라면 혹시나 이해하지 않을까? 라는 생각에 끄적여 본다.) '우리 안 아프고 오래오래 하자', '그래 그러자 건강하자' 라는 말이었다. 나는 순간 걸음을 멈추고 그 문장을 여러 번 되 뇌였다. 그 당시 몇 가지 고민과 결정해야 할 중요한 선택들이 기다리고 있는 계절을 보내고 있던 나에게 이 말이 귓가에 맴돌았다. 그래 맞아 건강이 가장 중요한 부분이었지. '인생에서 뭐가 중한디…건강하지 않으면 다 부질없는 것을…' 라는 자각과 동시에 순간적인 현실 자각과 성찰의 순간이 갑자기 다가오는 순간이기도 했다. 아 맞다. 내가 평소에 잊지 말자고 했던 이 부분을 요즘 또 간과하고 있었구나 싶었다. 근래에 퇴직 하신지 얼마 안 되시거나 승진을 앞두신 분들이 문득 갑작

스러운 병환으로 돌아가셨다는 부고를 듣거나 상갓집에 다녀오게 될 때면 나의 본업 필드에서의 고군분투가 약간 허무하게 느껴질 때가 있다. 그때마다 생각한다. 만병의 근원은 스트레스이고, 나를 오래오래 잘 데리고 살려면 자기 조절 능력이 중요하다는 사실을. 이러한 생각의 꼬리와 함께 카페에 도착하였다.

또 궁금한 건 못 참는 성격이라 카페 주인장님께 카페이름의 의미를 여쭤봤더니 말씀해 주셨다. '느루'라는 말이 잔잔하게 꾸준히 하는 마음인데 그런 의미를 담고 있다고 말해 주셨다. 사전적 정의를 검색하니 '느루'는 한꺼번에 몰아치지 아니하고 오래도록이라는 '늘'의 비표준어인 부사였다. 고민의 시간을 보내고 있는 시기라 그런지 '카페 이름마저 이렇게 나에게 혜안을 주는구나.' 라는 생각이 들었다. 프토의 맛을 음미하며 카페에서 글을 쓰고 있는 도중에 노래 한 곡이 흘러나왔다. '난 욕심이 너무 깊어' 라는 가사가 내 귀에 꽂혔다. 무리하지 말라고, 제발 강약을 잘 조절하라며 그 노래가 마치 나에게 말을 거는 것 같았다.

타이밍 한 번 기가 막힌다.

안 그래도 복잡한 머릿속

생각이 더 많아진 요즘이라 그런지,

타이밍과 운명을 믿는

정신 덜 차린 순수한 영혼이라 그런지,

늘 이처럼 나를 둘러싼 세상이 말을 거는 경우가 있다.

그리고 그것에 스스로 또 의미를 부여하는 내 모습이 웃기다. (역시 난 N인가 싶다.)

혹시나 했는데 역시나 나 다운 오늘이다.

생각 스위치는 잠시 좀 꺼야겠다. 오늘은 여기까지.

나는 숲속에서 길을 잃은 소녀, 골디락스 이다.

느루 나만의 길을 걸어 가고 싶다.

지금 당신은 당신만의 길을 느루 잘 걸어가고 있나요?

요즘 당신의 본업 추구미는 어떤 건가요?

완치는 포기

그 이름 월요병.

어쩔 수 없잖아. 노래나 들을까?
어쩔 수 없이 넘어야 할 건 때론 기분 좋게 가볍게 넘겨 버리자.
오예! 주말이 더 가까워지고 있다.

오늘의 품격 있는 피로를 즐겨봐. 주말이 더 달달할 거야.
월요병은 어차피 못 고쳐.
모든 직장인의 숙명이자 고질병이지.

때론 그냥 자연스럽게 지나갈 수 있도록 시간을 내어주는 걸로.

이글을 읽는 오늘은 무슨 요일 인가요?

이번 주 월요병은 무탈하게 지나갔나요?

고군분투하고 있는 당신의 모든 순간을 응원합니다!

세 가지 쉼

일상의 풍경에서 순간의 쉼을 주는 풍경이 있다.

그것이 나에게는 '윤슬, 구름, 그리고 노을'이다.

빛에 따라 다르게 반짝이는 윤슬을 보고 있으면 내 마음도 그 물결 속 반짝임의 영향을 받는 건지, 반짝반짝해지는 느낌이 든다.

계절마다 다른 모양을 하고 있는 구름을 보고 있으면 귀엽다. 봄의 구름은 연초록의 나무들과 알록달록 꽃들과 조화를 이루며 따뜻함이 스며든다. 여름의 구름은 뭉게뭉게 싱그러운 에너지를 주며 청량감을 느끼게 하는 순간을 가져다 준다. 가을의 구름은 무언가 더 높게 둥실둥실 떠있으며 무더운 여름이 가고 있다고 바람을 보내준다. 그리고 겨울의 구름은 얇고 넓게 펼쳐지며 한 해의 마무리를 잘 감싸주는 느낌을 주기도 한다.

해질녘 노을을 보고 있으면 나의 갬성은 극에 치 다른다. 감성이 아니라 '갬성'이다. 이 풍경엔 귀에 에어팟을 꼽고 무조건 노래를 들어야 한다. 특히나, 서쪽 한강의 노을과 서울숲의 노을을 좋아한다.
찰칵! 또 찰칵!
나의 사진첩의 곳곳엔 윤슬, 구름, 그리고 노을이 항상 일상의 틈에 끼어 있다.

윤슬과 구름은 하루의 시작과 중간을 기록하고,
노을로 하루하루를 마무리한다.

당신의 사진첩엔 어떠한 틈이 끼워져 있나요?

찰칵!
쉼을 주는 순간을 잠깐이라도 남길 수 있는 여유가 있기를

유려
하게

글이나 말, 곡선 따위가 거침없이 미끈하고 아름답다.

내 말과 글이 유려했으면 좋겠다.
그래서 천천히 듣는 사람의 가슴에 스며들기를 바란다.
화려한 것이 아니라, 유려하게.

이 책을 끝까지 다 읽지 않아도 괜찮지만,
마음에 남는 페이지가 있기를 기대하며
책의 한 귀퉁이라도 접혀 있기를 바라는 마음을 남겨본다.

농밀
하게

커피 열매를 생두로 가공할 때 보통 두 가지 프로세싱 중 하나를 거친다고 한다. 하나는 커피열매를 물로 씻은 후, 가공하는 워쉬드 프로세싱(washed processing)이 이며, 또 다른 하나는 커피열매를 그대로 말린 후, 가공하는 내추럴 프로세싱(natural processing)이다. 내추럴 프로세싱을 거친 생두는 커피 열매의 과육과 껍질이 더 밀접하게, 오랜 시간 붙어 있기 때문에 원두의 맛이 더 농밀하다고 한다.

내추럴하게,
우리의 관계도 농밀하길.

한 가지 아쉬운 점은, 요즘 거의 모든 것이 자동화 프로세싱으로 바뀌어 간다는 것이다.

(젠장)

모든 것이 자동화되고, 데이터화되고, 예측된다.
때론 인간미가 사라지는 듯한 허전함이 들 때가 있다.

난 아직도
농밀한 내추럴 프로세싱을 택하겠다.

감수만 하지 말기

감수.

책망이나 괴로움 따위를 달갑게 받아들이다.

어떤 것을 이루기 위해 치러야 할 대가를 받아들이다.

감수만 하게 되는 관계에서는

내가 점점 사라지는 느낌

내가 점점 옅어지는 느낌

내가 점점 소진되는 느낌

이 강해지게 된다.

그건 좀 별로다.

그런 느낌만 든다면

나와의 인연은 여기까지인 것이다.

그게 뭐든지 간에 말이다.

(끝!)

후회 보다는

아쉬움.

예전에는 무언가 선택할 때,
'나중에 덜 후회하는 것을 선택하자.'라고 생각하는 편이었다.
아직도 여전히 해야 할 선택은 쌓여가고 점점 더 선택을 할 때 신중해지기도 하는 것 같다.
끝끝내 선택을 하지 못해 지나쳐 버릴 때도 있다.

요즘에는 무언가 선택을 할 때,
나중에 지금을 돌아봤을 때 '아 해볼 걸 그랬나?' 라는 생각이 들 것 같으면,
'후회를 하더라도 해보자!' 라고 결정의 기준을 좀 더 심플하게 바꿨다.

해볼 껄 그랬나? 싶을 것 같으면,

해라.

당신을 요즘 갈팡질팡하게 만드는 무언가가 있나요?
그 선택을 하면/ 안 하면 나중에 되돌아 봤을 때
아쉬움이 클 것 같은 가요?

(잘 모르겠으면, 다음 페이지로)

아쉬움 보다는

중요한 것이 바로 이 마음인 것 같다.

'뭐든 더 알아가보고 싶은 것'들이 있다.

무언가를 시작하고
이것을 계속해 나가야 할지 고민이 들 때,
나의 마음을 잘 모를 때,
던지는 질문 중에 하나는 바로
'지금 고민하고 있는 것에 대해 더 알아가고 싶은가?' 이다.

더 알아가고 싶고 계속 자연스럽게 시선이 간다면 아직 완결을 지을 때가 아니라고 생각한다.

그럴 땐,
계속 해보는 걸로, keep going!

Keep going!

꽃이 없는 게 아니다

입추가 지나고 처서가 지나고 선선한 바람이 불어오면 항상 챙겨 먹는 이것,
바로 '무화과'

달큰한 홍무화과 한 입 베어 물면 아 이렇게 가을이 오는구나 싶곤 한다.
무화과 단면을 자를 때 하트가 나오는 경우가 있다해서 수도 없이 잘라먹었건만…
아직 하트를 발견하지 못했다. 다음 가을을 노려보겠다.

무화과를 먹을 땐, 손으로 찢어 먹거나 한입에 쏙, 볼 한가득 넣고 무화과 자체의 단맛을 음미한다.
그리고 알게 된 사실, 무화과는 꽃이 없는 게 아니라 꽃이 과실 내에서 피어서 꽃이 없이 열리는 열매라는 뜻을 가지고 있다고 한다.

옴마마, 내가 꽃을 먹고 있다는 사실!
이름까지 마음에 드는 녀석이다.
외부로 보여 지지 않을 뿐, 우리 내면에는 모두 각자의 무화과를 잘 맺어가고 있다.

나의 무화과를 잘 길러 나가는 오늘이 되길.
그리고 무화과의 매력에 꼭 한 번 빠져 보길.
무화과와 레드 와인의 조합도 꼭 한 번 시도해보길.

개인적으로
청 무화과보다는 홍 무화과를 좋아하는 저입니다.
참 취향이 확실하다.

내가 이래서 이 일을 하는 거지*

한 주의 피로를 풀기 위해 고기 앞으로 갔다. 주문한 삼겹살과 목살이 나왔고, 고기를 구워 주러 직원 한 분이 오셨는데…

'앗, 혹시….'라고 말을 하는 것이었다.

(앗!? 제자인가…?)

안 놀란 척 직원 분의 얼굴을 보며

웃으며 '네?' 라고 하자,

혹시… HJH 선생님이 아니신가요…? 라며

그녀는 수줍게 말을 건네었다.

나의 예상 질문이 적중하는 순간이었다.

마스크를 벗은 얼굴을 보니 이전 학교에서 가르쳤던 학생이었다. 아주 착실하고 리더십 있고 성실하게 학교생

---

* To. 나의 소중한 그대들, 본업 모드의 순간 1

활에 임했던 그녀의 모습이 순간 스쳐 지나갔다.
나는 '어머! 반가워! 잘 지내고 있니?!' 라고 말하였고 그 말과 동시에 진짜 반가움이 느껴졌다.
'정말 이젠 사회에 나가 있는 나의 베비들이 많구나' 라는 생각이 드는 순간이었다.
그녀는 간호학과에서 공부하고 있는 중이라고 했고, 그녀가 말했다.
'선생님이 우물 안 개구리가 되지 말라고 항상 말씀하셔서 해외에 나가보려고 이렇게 알바도 시작했어요!'
생각지도 못했던 그녀의 고백에 나는 삼겹살을 10인분 먹은 것만큼 든든해졌다.

나의 한 마디가 헛되지 않았구나.
아, 맞다. 내가 이래서 이 일을 하는 거지.

내가 YSM에서 많이 하던 이야기가 있었다.
'우물 안 개구리가 되지 말아라.'

그 당시에는 수준별 수업을 하던 시기여서, 보통 그 학교에서 상위권에 있는 베비들을 주로 가르쳤었는데,
그때마다 나는 애정과 열정가득 목소리로,
'지금 높은 반에 있다고 자만하지 말고, 지금 있는 이 세계가 아닌 더 큰 세계가 있으며, 그것을 꼭 경험했으면 좋겠다.' 라고 강조하고 또 강조하였다.
그때 몇몇 베비들의 표정은 '흠… 선생님의 잔소리가 시작이네.' 하는 느낌이었지만, 한 명이라도 나의 이야기에 귀 기울이거나 그것이 조금이라도 와 닿는다면 나는 그것으로 되었다는 생각을 하며 수업을 마무리했던 기억이 있다.

그때의 나는

베비들에게 넓은 세상으로 갈수록 더 경험의 폭이 넓어 진다는 것을 간접적으로나마 알려주고 싶은 마음이 무척이나 컸고 나의 경험들을 수업 중간에 동기부여를 위해 자주 조잘조잘 이야기하곤 했다.

그런데 그것이 통하였구나!

잘 살고 있니, 그대들?

근데 요즘엔 또 한편으로는 이런 생각을 한다.

중요한 건 우물이 아니다*

우물 안 개구리면 어때!

우물 안 개구리가 행복하면,
우물 밖 개구리보다 더 나은 삶을 살고 있는 걸 수도.

이 말인 즉,
중요한 건 너를 둘러싼 세상의 크기가 아니라
어떠한 세상에 있든지 간에 너 자신 스스로가 느끼는 감정인 것을.

---

* To. 나의 소중한 그대들, 본업 모드의 순간 2

우물 밖의 생각에만 빠져 있지 말고,

우물 안을 자기만의 느낌으로 감각하며,

너의 행복을 찾을 줄 아는 것도 복이라는 생각이 드는 요즘이다.

지금 우물 안 속에는

당신만의 어떤 행복과 만족감이 있나요?

쌉T의 순간들, 직면하라*

지금까지 매년 듣고 있는 질문,

'선생님 시험 문제 어려워요?'

수만 번 받았던 질문에 나는 이렇게 답한다.

-응 엄청 어렵지…

나는 또 다시 이렇게 답하기도 한다.

-아니 이번엔 쉬울 걸?

이 두가지 정반대인 대답에 아이들은 한결같이 내 말을 믿지 않고 의심 가득한 눈초리를 보낸다.

다음 단계의 나의 반응은 정해져 있다.

-준비를 하였으면 쉽게 느껴질 터, 준비를 하지 않았으면 더 어렵게 느껴지겠지?!

아이들은 순간 1초의 자기반성 표정을 보여준 후,

* To. 나의 소중한 그대들, 본업 모드의 순간 3

다시 꺄르르

왜 물었던 건데? ㅋㅋㅋ

지금까지 매년 듣고 있는 말,

'선생님 성적이 안 올라요!'

수만 번 들었던 이 말에 나는 이렇게 답한다.

–가슴에 손을 얹고, 공부를 제대로 했는데 안 올랐던 거야? 아니면 그냥 안 오른다고 생각하는 거야?

나는 아이들의 대답을 듣기 전에 바로 쌉T를 장전하고 던진다.

–공부를 안 하면서 성적이 오르는 게 이상하지 않아?! 그러면 열심히 한 아이들은 뭐가 될까?!

아이들은 순간 1초의 현타의 표정을 보여준 후,

다시 꺄르르

참 귀여운 녀석들이다 ㅋㅋㅋ

결핍에만 갇혀 있지 않기*

학업에 너무나 지쳐 있는 모습,

교우관계에 고민이 많아 보이는 모습,

복잡하고 어려운 가정환경 때문에 방황하는 모습 등을 볼 때면 안타까운 마음이 든다.

사실 어른들이 볼 때에는 한창 좋은 시절일 수도 있다. 하지만 누구나 지금 내가 힘든 게 가장 크게 다가오기 때문에, 그리고 지금이 좋아야 나중도 좋을 수 있음을 알기에 나는 꼰대처럼 '지금이 가장 좋을 때다. 너네는 그걸 잘 못 느끼고 있겠지.' 라고는 아직 내뱉지 않는다.

---

* To. 나의 소중한 그대들, 본업 모드의 순간 4

사실 몇 번 내뱉을 뻔했지만, 허벅지를 찌르는 고통으로 참으며 본업모드에서 젊은 꼰대가 되지 않으려고 발버둥 치고 있을 때도 있다.
문득 어두운 아이들의 얼굴이 눈에 많이 띄는 날엔 이 이야기를 한번씩 한다.

그대들, 너무 결핍에만 갇혀 있지 않았으면 해.
물론 결핍을 알아차리는게, 그리고 그것을 극복하려고 열심히 고군분투하는데 결핍이 힘을 얻는 원동력이 될 수도 있겠지만, 샘은 그대들이 자신만의 '명(明)'도 바라봤으면 해. 충분이 잘하고 있고, 어제보다 좀 더 나 스스로를 잘 데리고 살고 있는 거야.
부족한 것에만 포커스를 맞추면 평생 만족감과 행복감을 오롯이 느낄 수는 없을 거야.
잘하고 있는 부분은 스스로 다독여 가면서
더 잘해내 보고 싶은 부분에 에너지를 쏟아보자.

우리, 같이 힘내어보자. 샘이 언제나 응원해.

그리고 나 스스로에게도 하는 말임을.

책 한 귀퉁이를 접는다는 것은

그 문장을 내 마음속에 조금이나마 새기려고,
그 문장과 함께 접힌 내 마음을 기록하려고,
훗날 우연히 접힌 부분을 보고 그때의 생각과 감정을 다시 꺼내어 보려고,
그리고 '아, 그땐 그랬구나.' 하면서 과거와는 또 다른 나의 모습을 잘 살펴보려고,

또, 순간의 감정을 털어놓고
그것을 잊기 위해서일지도 모른다.

오늘도 몇 장의 책 한 귀퉁이를 접는다.

당신이 오늘 접은 책 한 귀퉁이에는 어떤 마음이 남아 있을까요?

구애(拘礙)
받지 않고
구애(求愛)

사랑을 하는데 있어 나는 구애(拘礙) 받는 걸 좋아하지 않는다.
특히나 순간의 감정에 혹해 얽매이고 싶지는 않다.

만약 나의 머릿속에 누군가가 들어오게 된다면,
올라온 나의 감정을 요리조리 살펴본다.

만약 내 감정에 확신이 든다면,
거리끼거나 얽매임 없이 바로 그 마음을 솔직하게 표현하는 편이다.

그것이 단순한 고백(告白)으로 끝나는 것이 아니라 구애(求愛)가 되길 바라면서 말이다.

만약 실패할 경우,
보석을 알아보지 못한 상대의 심미안이 거기까지일 뿐이고 나랑 인연이 아니라는 생각을 한다. 왜냐하면 맥락이 있는 완결의 서사를 만드는 것은 중요하기에.

근데 만약 상대방에게 한 번 더 고민할 기회를 주고 싶다면, 상대가 너무 지각하지 말고 어서 자각하여 연락했으면 하는 마음이다.

---

* 구애(拘礙): 감정에 거리끼거나 얽매임.
* 고백(告白): 숨긴 일이나 생각한 바를 사실대로 솔직하게 말함.
* 구애(求愛): 이성에게 자기 사랑을 고백하여 상대편도 자기를 사랑해주기 바라는 일.

맥락이 있는 완결의 서사

끝이 있으면 시작이 있다는 말이 있듯이
시작했으면 끝을 봐라.

중간에 멈추지 말도록,
왜? 시작했으니까!
결과를 생각하고 시작하지 말아라,
왜? 결과는 좋을 수도 있고 나쁠 수도 있으니까!

무엇을 시작하던 간에
그것이 일이든 사랑이든 간에
일단, 시작했으면 맥락이 있는 완결의 서사를 만들어라.
새드 엔딩이든 해피 엔딩이든 무미건조한 엔딩이든 그것은 하늘에게 맡기고 완결을 하라.

완결이 되었는가?

그럼 재충전의 시간을 가진 후,

다른 새로운 챕터를 시작해보자.

굳럭!

Good Luck!

비움의 매력

공복유산소는 비움부터 시작한다.

공복에 더해져서 모닝 유산소까지 성공하여 오운완을 달성한다면 가벼움이 더 나아가 만족감으로 이어지고, 그것이 게으름과 잠의 유혹을 극복한 성취감으로 발전되어 그날 하루의 시작을 괜스레 더 당당하게, 자신감 있게 할 수 있게 된다.

3일만 해보면, 너무 피곤하다고 느껴질 것이고
7일을 버티면, 상쾌한 기분이 스멀스멀 나타날 것이고
15일 동안 지속된다면, 아침 오운완을 지속하고 싶은 의지가 생길 것이고

이것이 계속된다면,
활력의 채움으로 하루를 시작할 수 있다.

과히, 매력적이지 아니할 수가 없을 지어다!

단, 발모가지를 조심하도록.

현명한 비움

아무리 좋은 것도 과하면 탈이 나는 법.

공복유산소 이든 오운완 이든 현재의 나의 컨디션과 상태를 잘 살펴가면서 해야 한다.

미련하게 운동하지 말자.

건강 해지려고 하는 것이지, 나를 마모시키려고 하는 것이 아니다.

나중에 후회한다.

이것은 나의 경험에서 우러나온 진심이다.

시도는 해보되, 현명함을 잃지 말자.

너무 내가 마모되는 느낌이 되고 비움이 아니라 의무로 느껴진다면

잠시, 나를 돌보며 재정비한 후 다시 시작하면 된다.

다시 한 번 되 뇌이지만

기억해야 할 것,

'과유불급'과 '자기조절능력'이다.

현명함을 잊지 말자.

피하기 위한 앎

나는 상대의 유연하지 않은 착실함에 숨이 막힌다.
나는 모든 게 give and take, 1:1, 가성비만을 따질 때 질려서 숨이 막힌다.
나는 진심인데, 너는 시기 질투를 가장한 가식이었다는 걸 알게 되는 순간에 호흡곤란으로 뒤 돌아서게 된다.
나의 숨막힘은 이러하다.

스스로의 숨막히는 포인트를 알고 있는 것도 중요한 것 같다.
나의 정신건강에 해가 되는 포인트를 알고 있어야 그것을 피할 수도 있는 것 같다.

당신을 숨막히게 하는 포인트는 어떤 건가요?

발견의
중요성

누가 그러더라

'매일 행복하면 조증이다.'라고 말이다.

'현실을 모르고 매일 영화 속에 살텐가?!'라고 하더라.

(칫-_- 대문자F는 상처받는다)

'행복'이라는 단어의 의미에 대해 고민해 보다가 근본적으로 내가 어떤 상태에 있어야 행복한 건 지에 대해서 고민해보았다. 수많은 글귀 속 행복에 관한 이야기를 마주하며 내가 정의하는 행복에 대해서 생각해보았다.

과연 나에겐

나쁜 게 없는 상태가 행복일까?

그럼, 무탈한 게 행복일까?

좋은 게 있는 상태가 행복일까?

근데, 기쁨과 행복은 다르지 않나?

이렇게 여러 가지 질문을 던져보면서,
'아 그냥 단순하게 가자.'로 마음을 먹고 행복의 사전적 정의를 찾아보았다.

행복: [幸福] 다행(행), 복(복)

복된 좋은 운수

생활에서 충분한 만족과 기쁨을 느끼어 흐뭇함

행복한 사람이란
일상에서 사소하더라도 충분한 만족과 기쁨을 자주 느낄 줄 아는 사람이다.

나는 지금 내가 좋아하는 다크 체리 느낌이 나는 원두의 커피를 마시며, 마음이 편안해지는 음악을 들으며, 달콤한 초콜릿 맛 단백질 바를 한 입 베어 물며 이렇게 행복에 대한 나의 시선에 대해서 기록하는 여유를 가지고 있기에, 이 순간 충분한 만족과 기쁨을 느끼며 흐뭇해하며 미소를 짓고 있다. 그러므로 나는 지금 행복하다. 행복은 거창한 것이 아니다.

그대도,
당신만의 행복을 발견할 줄 알아야 한다.
지금 당장!

우리의 시간은 유한하다.

일상이 성사

요즘은 무탈하게 오늘의 일상을 살아가는 것이 가장 성스럽고 거룩한 일인 것 같다.

나의 본업에서 큰 이슈 없이 칼퇴할 수 있는 일상,
부모님이 건강하고 함께 일상을 즐길 수 있는 일상,
주말엔 나만의 충전과 쉼을 즐길 수 있는 일상,
품격 있는 피로를 느낀 후 주말에 노동주 한 잔을 즐길 수 있는 일상,

무탈함에 감사함을 느끼는 오늘이다.

당신의 오늘은 무탈하였나요?

고래밥 or 새우깡

직장에서의 모드에 대해 생각해본다.

고래밥과 새우깡 중에 나는 어느 쪽인가?
당신은 어느 쪽인가?

고래의 밥이 될 것인가? 아님 새우의 깡을 보여줄 것인가?
항상 중도를 유지하는 게 어려운 것 같다.
그래, 원래 뭐든 일이 되면 힘들기 때문이다.

매일 출근하고 퇴근하는 반복된 일상을 살아가는 모든 직장인들을 위하여 외쳐본다. cheers!

칼퇴하시길.
퇴근하는 순간 스위치는 잠시 꺼두시길.

편안한 저녁 되시길.

아무 거나는 다음 생에

모든 선택이 피로라고 생각하면
점점 모든 결정을 회피하게 되는 것 같다.
미루고 미루다 나에게 온 기회를 날려버릴 수도 있고,
그 기회가 지나가버려 다른 사람에게 갈 수도 있고,
'그때 그럴걸'하는 순간들만 내 인생에서 남겨질 수 있다.

수많은 선택지와 갈림길 사이에서 회피하지 말고 직면하며 고민에 나의 에너지를 쏟는 것을 두려워하지 않았으면 한다.

'아무거나'가 반복되다 보면은
편의점에서 무슨 음료수를 먹을지조차
내 스스로 결정할 수 없게 된다.

용기에
박수를 보낸다

모든 선택엔 결정이 필요하고
모든 결정은 나의 용기다.

여전히 한참 고민이 많을 나이이다.
선택을 했으면 결정을 해야 한다.

고민이 되지만
용기를 내어보자.

걱정이 올라오지만
장면의 전환을 기대해보자.

나도 모르게 새로운 장면이 열리는 게 인생이다.
일단 해보고, 아니면 그때 또 다른 선택이 생긴다.

어때?!

당신의 용기 있는 결정에 미리 박수를 보낸다.

짝짝짝!!!

양다리 사절

단, 선택에 양다리를 걸치지 말아라.

가장 중요하게 생각하는 한 가지에만 집중해라.

아니면 둘 다 놓치고 후회하게 된다.

Don't lose this moment searching for another.

끝내야 할 타이밍

무엇이든 수용의 한계는 존재한다.

요즘 누군가를 만나거나 무언가를 선택할 때 가장 많이 되뇌이는 말은 '그럴 수 있지. 나와 다를 수 있지.'이다. 타인의 있는 그대로를 존중하며 나의 취향, 나의 생각과 다르더라도 살아온 과정과 환경의 모든 것들이 다르기 때문에 그런 것이며 충분히 그럴 수 있다는 수용과 포용의 자세를 취하려고 무척이나 노력하고 있다. 물론 나도 사람인지라 인내심의 한계는 있기 마련이지만 말이다. 특히 나란 사람은 본디 좋아하는 것도 확실하고 싫어하는 것도 확실하여 확고한 취향을 가지고 있는 사람이다. 지금까지 삶을 살아오면서 다양한 경험을 통해 세상을 보는 시야를 넓혀왔는데 요즘 처음으로 드는 생각이 그러한 경험들이 독이 될 때도 있다는 생각을 하기도 한다. 이성을 만날 때도 마찬가지이다. 앞에서도 이야기했지만 자신만의 틀에 갇혀 유연하지 못한 사고를 가지고 있는 사람을 보면 나도 모르게 숨이 막힌다. 그리고 시간이 지남에 따라 나의 호불호가 점점 더 확고해진다는 느낌이 들면서 나와 결이 맞지 않다는 포인트를 맞닥뜨리는 순간, 내가 먼저 상대방에게 장벽을 쳐버리고 있는 실정이다.
큰일이다.

이런 나를 요즘 데리고 살면서 '있는 그대로의 수용'을 마음속으로 항상 되뇌어 본다.
'그럴 수 있지. 나와 다를 수 있지.'
일터 안, 일터 밖에서 항상 되뇌어 본다.

단, 그러한 수용적인 마인드를 끝내야 할 타이밍이 있다.

바로 너무 많은 힘이 들어간다면 마무리를 지어야 한다. 특히나 중요하게 생각하는 부분에 힘이 많이 들어간다는 것은 나에게 자연스러운 것이 아니다. 이건 나와 다름을 마주함에 있어서 아무런 힘을 들이지 말라는 것이 아니다. 어떠한 부분에 있어서 지나치게 너무 많은 힘이 들어간다면 나와는 결이 맞지 않는 것이다. 나와 결이 맞는 부분이 있다면 그것을 통해 내가 에너지를 얻게 되는 것도 분명히 존재할 터이다. 그것이 바로 서로 상호 보완적인 관계이다. 너만 있는 것이 아니고 나만 있는 것이 아니고 우리가 잘 어울려져 함께 존재할 수 있는 것이다. 즉, 너무 많은 힘이 든다면 나의 에너지를 빼기만 한다는 것이다. 일을 할 때에도 인간관계에 있어서도 무언가 결정을 할 때에도 이 것은 변함없이 적용될 수 있는 진리라는 생각이 든다.

내가 선택의 갈림길에 서 있을 때, 스스로에게 던지는 말이 있다.

나에게 좋은 선택은 내가 책임지고 싶은 것을 선택하는 게 아닐까? 그리고 남들이 뭐라고 하는 것에 상관없이 내가 더 알아가고 싶은 것들을 선택하자. 때론 나에게 맞지 않는 조언을 흘려버리는 지혜도 필요하다고 생각한다. 그리고 나에게 자연스러운 것을 선택하자. 자연스러운 것에는 너무 많은 힘이 들어가지 않는다는 것을 잊지 말자. 내가 지금까지 해온 선택과 지금까지 하지 않은 선택들 모두 나와의 인연에 따라 결정되지 않았나 싶다. 결국 지금 내가 선택한 것은 내가 하지 않은 선택의 총합이기도 하니까 말이다.

그리고 너무 길게 고민하지는 않았으면 한다.

긴장될 때,
외쳐봐

'나도 부족하지만, 남도 별거 아니다!'

때론 단순한 게 답이 될 수도 있다.

이거 못한다고 세상이 무너지는 건 아니잖아!
이거 못하면 어때!
예상치 못했지만 또 다른 새로운 시작이 열릴 수도 있는 거야!
복잡한 세상 속, 빨리 변화하는 사회 속 예측 불가능 한 것이 태산이다.

우리
좀 단순해져도 돼.

1년에 한 번

1년에 한 번 정도는 마음 테라피를 받는다.

마음 테라피＝사주(四柱)

:사람이 태어난 연월일시의 네 간지(干支). 또는 이에 근거하여 사람의 길흉화복을 알아보는 점.

나는 이것이 동양적 마음 혹은 마음 혹은 멘탈 테라피라는 생각이 든다. 마치 서양에서는 보편적으로 이루어지고 있는 정신과 상담의 동양적 버전의 일종과도 같다 올해에도 그곳을 방문했다. 작년에 한 번 방문했던 곳인데 지금까지는 아무도 언급하지 않은 부분을 콕 집어내었다는 사실에 속으로 흠칫 놀라며 년 초에 문득 생각이 나서 다시 예약을 했고, 연말이 되어서야 방문할 수 있었다. 1년 2개월 만에 다시 방문한 그곳에서 과연 나에게 어떠한 미래가 기다리고 있을지 궁금증을 가득 안고 금요일 퇴근 후 후다닥 방문했다. 그분은 또 나를 꿰뚫어 보듯이 나의 현재의 마음 상태에 대해서 언급하며 호통을 감미한 상담을 진행해 주셨고, 나는 그분의 호통에 하나하나 반박하며 메모해갔던 질문 폭격을 시작했다. 이렇게 나의 마음 테라피의 시간을 보내고 한가지 키워드만 마음속에 저장했다.

단, 마음 테라피를 받을 때 주의해야할 점은
그것만을 맹신하지 말 것.

좋은 이야기만 흡수하고 나만의 줏대로 내 삶을 결정하자!

혹시 올해 사주를 봤다면 당신이 기억하는 한 가지 키워드는 뭐였나요?

가장 중요한
단, 한 가지

좋은 것엔 시간이 걸린다

그냥 기다려야 할 때도 있는 것 같다.

더 좋은 것이 오고 있는 중이니까.

함구무언
緘口無言

위기일때 진심이 드러나기 마련이다.

내가 10년 넘게 사회생활을 하면서 가장 어려웠던 부분은 앞뒤가 다르게 행동하는 사람들에게 어떻게 반응을 해야 하는 지에 관한 것이다. 나는 앞뒤가 다르게 행동하는 것에 대해서 수용 능력이 유달리 떨어지는 편이긴 하다. 이 부분이 나의 발작 버튼 인 것 같다. 마상 버튼 말이다. 한때 이러한 고민을 친구에게 털어놓았던 적이 있는데 그게 당연한 것이라고 하는 친구의 말에 적지 않은 충격을 먹기도 했다. 당연히 앞뒤가 다를 수밖에 없다고 태연하게 말하는 그 모습이 나를 어벙벙하게 만들었다. 나의 나이브한 태도를 되돌아보며 후회를 하기도 했다. 내가 너무 순진하게 직장 내에서 나를 있는 그대로 드러내고, 보이는 대로 반응했었나 하는 생각과 함께 말이다.

나만 모든 관계에서 진심을 다했던 순간들에 때론 내 자신이 안쓰럽기도 하고 관계에서의 오고 가는 진심이 다를 때 상처를 받았다. 그래서 점점 나도 방어적으로 변하고 가까이 다가갈까 하다 가도 적당한 선을 유지하며 사회생활을 해야 하나 싶기도 하다. 그런데 문득 깨달은 부분이 있다. 나의 진심과 상대방의 진심이 다를 수도 있다는 것을. 그럴 수 있다.

우리는 각자 다르기 때문에.

그래서 나의 최종적 결론은,

나에게 진심을 보여주지 않는 사람에겐 에너지를 쏟지 말자는 것이다.

모두랑 다 좋을 수는 없으니까!

그리고, 모든 관계에 다 반응할 필요가 없다.
내가 중요하게 생각하는 인연들과 마음을 나누며 본심과 진심을 공유하며 살아가면 되는 것을 말이다.
당신은 사회생활을 할 때, 어떤 부분에서 발작/마상 버튼이 켜지나요?

중요한 건

자기수용과 '그럴 수 있지' 마인드

지금 당신 스스로에게 중요한 두 가지는 뭐예요?

필요한 건

자기확신과 '그러라 그래' 마인드

지금 당신 스스로에게 필요한 두 가지는 뭐예요?

집중할 건

나에게 무엇이 중요한지, 무엇이 필요한지 구분할 수 있는 게 현명한 것 같다.
중요한 것과 필요한 것에만 집중하며 나머지 것들은 내버려 두어 보자.

정말 마지막 순간에는
자기 효능감과 마지막엔 '뭐 어때! 아님 말고' 마인드만 가지고 가 보자

끝을 향해 달려가는 스스로에게 믿음을 가지고.
Just do it!

내가 무언가에 집중할 수 있는 소중한 에너지는 한정적이다.

시작부터 끝을 생각하지 않기

일단 시작하자.

잘될 줄 알았던 일도 예기치 않은 결과를 가져오기도 하고,
별 생각 없었던 일도 뜻밖의 결과를 가져오기도 한다.

생각은 나중이다.
일단 시작하라, 그대.

때론
연필보다는 펜

다이어리를 쓸 때, 펜으로 내 마음을 기록하는 편이다.

때론 그날의 일정뿐만 아니라 그날의 감정이나 미래의 나에게 스스로 던지는 질문을 적는다.
보통 과거의 내가 던진 질문을 까먹으므로,
그것을 미래에 마주했을 때, 다양한 생각과 감정이 스쳐 지나가며 그 순간 또 미래의 나에게 또 다른 질문을 던지며 앞으로가 어떨지 기대되기도 한다.

이것이 내가 다이어리를 쓰는 나만의 재미이다.

미래의 날짜에 오늘 내가 미래의 나에게 궁금한 점을 질문으로 남겨보는 건 어때요?
까먹고 있다가 나중에 우연히 그 질문을 마주했을 때의 짜릿함이 있어요.

때론
펜보다는 연필

책을 읽을 때, 연필로 밑줄을 그으며 마음에 와닿는 문장을 수집하는 편이다.

읽는 순간, 그 시점에 나에게 혜안을 주거나 위안을 주는 문장이 있다면 책 한 귀퉁이를 접는다.
그리고 그 문장을 통해서 느끼는 내 감정들을 책 한 켠에 연필로 끄적이기도 하면서 그때의 나의 감정을 책에 남기며 반영하고 투영한다. 문장을 통해서 나만의 문장을 이끌어내는 경험이 재미있다. 나중에 접힌 한 귀퉁이를 다시 읽어 보며 그 시절 나의 다양한 생각들을 다시 한 번 느껴보는 신기함도 있다.

이것이 내가 책을 읽는 나만의 재미이다.

냉정과 열정 사이

의 줄다리기.

사랑.

냉정한 척했지만 열정을 다하는 관계.

연인.

여기에 노력이 더해진다면,

인연으로 이어진
결실.

결이
맞는 것엔

너무 많은 힘이 들지 않는다.

그게 곧 결이 맞다는 것이다.
모두에게 좋고 모두에게 나쁜 것은 없다.
결국은 나와 결이 맞는 것이 중요한 것이다.

결이 맞지 않는 것에 내 소중한 에너지를 낭비하느라
내가 사랑하는 지금 이 계절,
내가 느낄 수 있는 지금 이 순간,
내가 마주할 수 있는 지금 이 시간을
무심코 지나쳐버리는 일은 없도록.

나의 사계절, 맛있게!

봄에는 길가에 흐드러지게 핀 벚꽃을 찾아다니며 벚꽃이 떨어질 즈음엔 벚꽃 비도 맞으며 연초록의 기운을 받지. 내가 가장 좋아하는 안 핀 작약을 찾아 헤매며 꽃시장에 가는 봄의 맛이 있지.

여름엔 골목길 담장에 강변북로에 피어 있는 능소화를 발견하며 여름이 왔음을 느끼고 수박을 밥 대신 먹기도 하며 새벽에 화장실을 계속 들락날락거리는 여름의 맛이 있지.

가을엔 입이 터지는 시기이지. 집 나간 며느리도 들어오게 한다 던 전어 구이를 맛보고 새콤달콤한 전어무침도 맛보고 뒤집은 깻잎에 마늘과 고추 넣어 초장 찍어 전어회를 입에 넣는 맛이 있지. 그리고 무화과를 손으로 쫙쫙 찢어 레드 와인 한 잔과 즐기는 가을의 맛이 있지.

겨울엔 기름기가 좔좔 도는 방어를 기름장에 콕 찍어 먹거나 초장을 찍어 백김치와 김에 싸 먹는 맛이 있지. 지출의 반이 딸기값일 정도로, 엄마 아빠는 딸기 귀신이 들렸냐고 할 정도로 딸기를 찾아 헤매지. 세일하는 금실 딸기가 있으면 행복해하고 금실이 안 되면 장희, 설향, 죽향으로 아쉬움을 달래고 만족하며 매주 딸기를 사러 가는 발걸음이 신나지. 앉은 자리에서 딸기 10개는 1분컷으로 입에 넣는 겨울의 맛이 있지.

참 잘 먹지.
그래 이 맛에 내가 살지. 나의 사계절 맛있게!

추천할 만한 당신만의 사계절의 맛이 있을까요?
맛집 추천은 언제든 환영합니다. DM 주세요!

사소해도
확고한

나에게는 한결같이 확고한 취향이 있다.
아마 초등학교 때부터 시작되었던 취향.
그 놈의 딸기! 딸기! 딸기!

때인가 씻어 놓은 딸기 한 근을 혼자 방에 들고가서 방문을 잠그고 다 먹었다며 엄마가 귀여운 에피소드라고 이야기하곤 했지만 그게 시작이었지.
초등학교 때에는 '딸기'라는 캐릭터를 너무 좋아해서 항상 시험 기간이 끝나면 교보문고 핫트랙스 옆에 딸기 매장에 가는 게 낙이었지. 친구들은 딸기 공주라고 나를 불렀기도 했지.

그럼 아이스크림취향은 뭐겠어?
베스킨라빈스에 가면 무조건이지.

'ㅂㄹㅂㄹ ㅅㅌㄹㅂㄹ'

그 다음 살짝 곁을 준다면

'ㅇㅁㄷ ㅂㅂ'이랑 'ㅇㅁㄴ ㅇㄱㅇ' 정도랄까?!

취향 참 한결 같다.

당신의 서른 한 가지 아이스크림 취향을 뭔 가요? 이유가 있어요?

사소한 것이라도 스스로의 취향을 고민해보는 시간도 가지길 바라며.

공복에
5초 컷

공복을 준비한다. 적어도 2시간 이상의 공복을 추천한다. 1시간 전엔 어떠한 종류의 액체도 마시지 않는다. 최대한 물 또한 마시지 않는다.

Ready?

Set.

Go! 1초, 2초, 3초, 4초, 5초! 끝!

식도를 넘기는 순간 부드러운 거품과 시원함과 함께 온몸에 알싸한 짜릿함이 느껴진다.

잠깐일 수 있지만 이 순간에는 모든 근심과 걱정과 번뇌가 사르르 녹아버린다.

한 번 경험하면 그 시원함을 한 번 만 경험한 사람은 없을 것이다.

고민이 너무 깊어진다 싶으면,
누군가 만나서 이야기를 털어놓는 것보다 이것만한 효과적인 처방이 없는 것 같다.

답답한 마음이 드는가?
오늘은 바로
나 홀로 꿀떡 꿀떡의 날이다.

가까이
두지 말고
적당한 거리를
유지할 것

세상에서 자기가 가장 불행한 사람,
냉소에는 답이 없다.
모든 걸 계산적으로 접근하는 사람,
연인으로서는 더 최악이다.
심보가 고약한 사람,
아마 상대의 기쁜 일에 진심으로 축하하지는 않을 거다.

피하라.
당신의 정신 건강을 위해서.

(혹시, 당신이 위에 해당되는 것 같다면 좋은 마음을 가져보아라.
내가 좋은 마음을 가져야 좋은 마음을 가진 사람이 주변에 있게 된다.
내가 그렇지 못하다면, 아마 비슷한 결의 가면 쓴 사람이 대부분일 수도 있다.)

집념 있는 선택

나는 밀도 높은 꾸덕꾸덕한 스콘이 좋다.
스콘을 너무 좋아해서 한때는 서울에 있는 모든 스콘 맛집을 찾아 다니며 나의 취향을 담은 목이 막힐 듯이 꾸덕꾸덕한 스콘을 발견하는 재미도 느꼈다. 내 취향에 딱 맞는 곳이 있으면 10년 넘게 충성고객이 된다. 아직까지 남아 있는 곳들 중 내 취향의 스콘을 파는 곳을 소개하자면…

서울에서는 연남동 '티크닉'과 매봉역 근처인 '브라이언스 커피'이다. 맛있는 건 함께 먹을 때 배가 되니까 공유해본다.

런던에서도 나의 취향을 계속되었다.
런던에 파견근무로 몇 달 있을 때도 나만의 취향 가득한 스콘을 발견하는 데 성공하고야 말았다.

나는 스콘을 먹으러 내셔널갤러리에 간다. 그림을 보러 가는 건 아니고.
내셔널갤러리에 있는 카페에 크림티를 가장 좋아한다. 영국에서 스콘과 홍차를 같이 먹는 메뉴를 크림티라고 부른다. 런던에서 이 메뉴를 알게 되었을 때의 그 기쁨과 만족감은 아직도 잊을 수 없다. 그곳에서 내가 가장 좋아하는 조합은 아쌈 세컨플러쉬 홍차와 스콘을 함께 즐기는 것이다. 마치 커피로 따지면 산미가 덜하고 다크 로스팅을 한 듯한 느낌이랄까?! 따뜻한 아쌈 세컨플러쉬와 같이 하면 더 깊어지는 스콘의 풍미를 느낄 수 있다.
여기서 놓치지 말아야할 한가지 추가 포인트가 있다. 스콘을 먹을 때 보통 잼이나 클로티드 크림을 발라 먹는데 탕수육 먹을 때 우리가 논하는 부먹과 찍먹과 같이 두 가지 방식이 있다. 데번지역에서는 먼저 클로티드 크림을 바르고 잼을 바르며, 콘웰지역에서는 잼을 먼저 바르고 그 위에 클로티드 크림을 바른다. 여기서의 잼은 딸기잼이 아니라 라즈베리 잼이어야 함을 잊지 말며 두 가지 중 하나를 각자의 취향대로 발라 먹으면 된다.
글을 쓰고 있는 지금도 그 맛을 상상하면 침이 고인다.
특히 비가 추적추적 내리는 날 창밖을 바라보며 꾸덕꾸덕한 스콘을 반으로 나누어 라즈베리 잼을 바르고 그 위에 클로티드 크림을 듬뿍 올려서 한입 베어 물고 따듯한 홍차를 한 모금 들이키면,
그 순간 나는 세상을 다 가진다.
스콘이 뭐길래?!

콘월에 가고 싶다.

전투를 위한 준비

일할 때 필요한 건,

스타벅스 아이스아메리카노 톨 사이즈!

오늘 노동의 무게가 무겁겠다 싶으면,

스타벅스 아이스아메리카노

그란데 사이즈

얼음 많이 돔 리드!

무조건 '스타벅스 아아' 이어야만 한다.

산미가 전혀 없는, 커피향을 맡을 여유 없이, 그냥 들이킨다.

들이키는 순간 카페인이 혈관을 파고들어 정신이 번쩍 들게 한다.

뭐든 일이 되면 힘든 것이니
오늘도 품격 있는 피로를 경험한 모든 직장인들에게 수고한다고 말하고 싶다.

나의 노동 동반자,
그 힘으로 오늘 전투도 무사히 마무리한다.

스벅이 뭐길래?!

(연말엔 도대체 빨간색 스티커가 뭐 길래)

전투를 위한 당신만이 준비는 무엇인가요?

매년 거는 나의 희망,
S

축구를 보는 걸 좋아한다.

박지성이 맨유에 있을 때부터 EPL 경기 보는 걸 좋아했다.

이때의 관심이 손흥민으로 이어져 나는 쏘니가 있는 토트넘의 광팬이다.

런던에 있을 때도 내가 가장 하고 싶었던 것은 바로 EPL 직관이었고 주변 동료들은 Adele 콘서트를 보러 간다 했지만 나는 당연히 토트넘과 첼시의 FA CUP Semi-Final을 보러 갔다.

내 평생 들을 영어 욕은 그날 다 들었다고 볼 수 있을 정도로 흥분의 도가니와, 상암에서는 경험할 수 없었던 축구 팬들의 환호와 열정을 몸소 체험하고 느꼈으며 절대 잊을 수 없는 추억으로 지금도 마음 속에 남아 있다.

축구에 대한 열정은 내 본업 바운더리에서도 쭉 계속되었다.

내가 담임을 했을 때의 우리 반의 목표는 공부 1등이 아니라 런치리그 혹은 반대항전 축구경기 1등이었다. 무조건 축구!

2019년 인생 반이었던 나의 담임 반 아이들이 우승이라는 나의 꿈을 이루어 주었고

2023년 부 담임 반인 13반 아이들도 나의 꿈을 이루어 주었다.

그 순간은 아직도 잊을 수가 없다. 골을 넣고 나에게 단체로 달려와 쏘니의 찰칵 세리머니를 해주었던 순간, 그렇게 감동으로 소름 돋는 순간은 없었고 앞으로도 없을 것 같다. 그때의 그대들 정말 멋있었어!

축구가 뭐길래?!

나의 로망,
P

딱딱해 보이는 빵조차 입에 넣으면 너무 맛있다.

파리의 마법인가, 낭만의 마법인가?

납작 복숭아(Donut Peach)는 도대체 어떤 존재인가, 이토록
미각을 행복하게 해 줄 수 있는가?

한 입 베어 물면 흘러나오는 과즙.

먹어본 사람은 알지? 이 느낌

파리가 뭐길래?!

아끼고 아껴 둔,
N

나를 잘 아는 주변 사람들 모두가 나에게 이렇게 말한다.
너는 거기 가면 정말 좋아할 텐데
도대체 어떤 곳이길래…!
미국을 5번 넘게 가봤지만 아직 당도하지 못한 곳
아끼고 아끼던 그 곳, 이번 여름엔 꼭 센트럴파크에서 요가를 해볼 계획이다.
티켓팅을 하자!

뉴욕이 뭐길래?!

10년째 가지못한, Y

예전부터 마음속에 담아두었던 로망 같은 게 있었다.
사랑하는 사람이 생기면, 언젠가 꼭 해보고 싶었던 버킷리스트 중 하나였다.

그때는 이게 이렇게 실현되기 어려운 일일 줄은 몰랐다.
그것은 바로, 선선한 가을이 시작되기 직전 늦여름.
사랑하는 사람과 함께 바다의 풍경을 바라보며, 노포 횟집에서 저녁을 즐긴 후,
약간의 배부름과 나른함과 함께 선선한 바다내음을 맡으며 밤바다 앞에 손을 잡고 앉아,
이어폰을 나누어 끼고, 버스커버스커의 '여수 밤바다'를 듣는 것이다.

어떻게 보면 이 소박하고도 현실에서 충분히 실현가능한

구체적인 로망을 이루기가 이토록 힘들 줄이야.
10년 넘게 말이다.

좋은 것이 오는 데는 시간이 걸린다고 하던데,
얼마나 좋은 것이 오고 있는 중인가 싶은 요즘이다.
'거의 다 왔으려나?
조금만 더 빨리 다가와 줬으면 좋겠다!' 하고 속으로 속삭여본다.

여수가 뭐길래?

들키지 말자

'스콘' 다음으로 빠졌던 디저트가 있다. 바로 '까눌레'.
그는 겉은 카라멜라이즈드가 된 느낌으로 딱딱하지만 속은 부드럽다.
그에 빠져 한참을 나의 취향인 그를 찾아 다녔던 적이 있고 물론 내 취향인 그를 만날 수 있는 곳도 발견하는데 성공!
그가 생각날 때쯤엔 그곳에 간다. 7년 넘은 시간 동안 한 곳에서 그를 만나고 있다.

외강내유의 일종인 그를 보면서 한때 들었던 생각이 있다.
한참 직장이나 모임에서 각자의 첫인상에 대해서 말한 적이 있는데 나는 모두가 한마음이 되어 계획했나 싶을 정도로 나에게 같은 말을 하는 줄 알았다. 다들 나를 보고 첫인상은 되게 똑 부러지고 도도하며 이성적이고 약간 차가우며 다가가기 쉬운 느낌이 아닌데 나를 알게 되면 그 첫 이미지가 완전 180도 바뀐다고 말이다. 가까워지게 되면 나의 허당 이미지가 들통나곤 한다… 근데 왜 10이면 10명이 그렇게 이야기할까? 사실 아직 그 정확한 원인을 파악하지 못했다… 근데 도대체 왜?! 궁금하기도 하다. 새로운 시작을 앞두고 있는 지금도 과연 새로운 동료들에게 나의 첫인상이 어떨지 궁금하기도 하다. 뭐 어때, 친해질 사람들에게만 들통나는 게 좋지. 이번에도 도도하게 새로운 일터에서 본업을 시작해보려 한다.

그래서 나는 가끔 그를 보면서 나와 비슷하다고 생각한 적이 있다.

참 또 복잡하게 까눌레 하나에 생각이 참 많다.
그냥 단순하게 그를 입에 넣자.

들켰나?!

여운이 좋은

그런 나에게 딱 어울리는 상대는 누구일까?

첫 느낌보다는
끝 느낌, 뒷 느낌이 좋은 상대를 만나고 싶다.

함께 시간을 보낸 후,
헤어질 때의 기분이 좋은 사람
고민과 복잡함을 가져다주는 사람 말고
좋은 여운을 남겨주는 사람

그런 사람이 좋다.

(나도 상대에게 그런 기운을 줄 수 있는 존재이길
서로가 서로에게☺)

어린아이처럼 놀 수 있는

어른이 되고 싶다.
때론 아무 생각 없이 '꺄르르'

아이들을 보면 나뭇잎이 떨어져도

'꺄르르 까르르'
특별한 이유가 없어도
'꺄르르 꺄르르'
그 단순한 '꺄르르 꺄르르'가 좋다.

같이 있으면 그냥 '꺄르르 꺄르르' 할 수 있는
서로의 가장 단순한 부분을 나눌 수 있는 인연을 만나고
싶은 요즘이다.

그냥 피하라

요즘 읽고 있는 책, '어른의 행복은 조용하다'에서 나오는 문장이 너무 공감되는 오늘이다.

사이코패스는 감옥에 있는 게 아니라
우리 주변에 있다는 것을.
사이코패스가 삶을 죽이는 것이 아니라
우리의 정신과 마음을 다치게 한다는 것을.
더 무서운 부분은
똑똑한 모습으로 우리 주변에 있다는 것을

느낌이 오는 사람이 있다면
피하라.

흐릴 때 더욱 선명해지는 게 있지

맑을 땐 보이지 않았던 부분이 보이게 된다.
그럼 나는 판단을 더 현명하게 할 수 있다.

흐려서 땡큐!

그 사람은 아니다

평소 자존감이 높다고 말하는 것에 속지 말자.
자존감은 평소에 말로 드러나는 것이 아니라, 반드시 위기 속에서 스멀스멀 드러나게 된다.
과거에 걸어온 길도 반드시 바라볼 것. '앞으로 잘하면 되지'가 아니었다! 과거에 성취해온 것을 본다는 것은 단순히 능력이 좋다는 것을 보여주는 것이 아니라, 삶에 임하는 한 사람의 기질과 태도를 보여주는 증거이다. 사람의 기질과 성향은 쉽게 변하지 않기 때문에, 그 사람의 과거가 증거이고 팩트이다. 정신차리고 바라보아라.

문제를 직면하지 못하고 회피하는 사람은 피할 것.
나중에 더 큰 문제가 닥쳤을 때 잠수 탈 가능성도 있다.
회피형은 내가 먼저 얼른 피하라. 내공도 없기 때문에 청사진만 잔뜩 그리고 뭐든 쉽게 포기하며 자신의 포기를 합리화할 수 있는 이유를 만든다. 참 대단한 능력이다.

신뢰할 수 없는 관계에 섣불리 많은 약속을 하지 말 것. 말뿐인 책임과 신뢰를 믿다 가는 발등 찍힌다. 신뢰할 수 있는 관계인지 없는 관계인지 판단하는 게 참 힘들지만 말이다.

마지막으로 가장 중요한 부분은
내 스스로가 관계에 있어서 잦은 합리화를 한다면 나의 판단력이 흐려진 것이다.

그 사람은 아니다.
더 와장창 깨져 버리기 전에 혜안을 가지고 결단을 내려야 한다.

이 노래를 끝으로 마무리 해 본다.

권진아님의 ‘운이 좋았지’

신뢰할 수 없는 관계에
섣불리 많은 약속을 하지 말 것.

ILLHYHL

책을 거꾸로 들고 읽어볼까?!

앞에서 언급했지만 다시 말한다.

순간적인 즉흥에 흔들리는 사람은 반드시 피할 것.
긴 말이 필요 없다.
유리창처럼 와장창 깨질 것이다.
결국 너의 마음이 크게 다친다.

피해라.

나는 무쇠처럼 무거웠고 너는 깃털처럼 가벼웠다.
한낱 날아가 버릴 가벼운 것에 소중하고도 무거운 신뢰를 주지 말 것.

오판이 아니다

오답이었다.

지금 잠깐 행복하고자 평생 불행할 것인가?

혹은

지금 좀 힘들더라도 불구덩이 속으로 들어갈 것인가?

선택지는 두 가지.

결정은 나의 몫.

결과는 예측 가능, 그리고 되돌릴 수 없음.

무엇이든,

마음은 단단히 먹을 것.

끼리끼리 운명론

아직 마음에 드는 사람이 없어서 그런 것이다. 결혼은 잘 한다.
이게 뭔말이람?
가끔 타로를 볼 때, 마음의 안정을 찾으러 갔으나 뼈 때리는 말을 듣고 온 적이 있다.
이것도 나인데 하며 나 데리고 잘 살아가는 중이다.

그래도 위안이 되는 말은
남편보는 눈은 있다니
결혼하면 그림같이 잘 산다고 하니까…
근데 여기에서 복병은 난 참으로 신중하며 쉽게 사랑을 안 준다고 한다.

나의 연애들에 고난과 역경이 있었겠지만 그냥 마음에 드는 사람을 아직 못 만난걸로 결론을 내렸고 평생 함께

할 배우자를 만나면 잘산다고 들었던 말로 조급해하지 않고 셀프 위안을 삼는다.

내가 잘 살아왔으니 좋은 결실과 인연이 찾아오리라 생각하는 요즘이다.

뭐든 끼리끼리 운명론을 믿는 나이기에.

자연스럽다면

그것은 '운명이 흘러가는 대로'가 아닐까 싶다.

크리스마스 때 소개팅하는 건 자연스러운 걸까?
'1월'을 생각했을 때,
머릿속으로 가장 떠올리기 쉬운 날짜는

11일일까?
아니면, 1월 23일일까?

운명이 흘러가는 대로 자연스럽게
서로가 운명이라면
마주 볼 테고,
아니면 스쳐 지나갈 테지.

아님 말고.

지칠 때도 있지

내가 한 참 지칠 때 내마음을 대변하는 노래였다.

나의 어두운 부분도 이해하고 품을 줄 아는 사람으로 살고 싶다.

지쳐도 괜찮아

가사를 음미하며 들어봐요.

요즘 당신의 마음은 안녕한가요?

▶ 빛나는 별은 내 것이 아니었음을

마음 처방
1~4

마음이 힘들거나 지칠 때
나는 문장과 노래로 위안을 받는다.
이번엔 노래가 주는 위안을 같이 느껴볼 차례이다.
노래가 가져다주는 위로를 함께 나눠보고 싶은 마음이다.
부디 이 처방이 당신에게도 조금이나마 따뜻함을 전해주기를 바라는 마음으로…

마음처방 1

마음처방 2

마음처방 3

마음처방 4

당신의 다친 마음이 조금이라도 나아졌을까요?

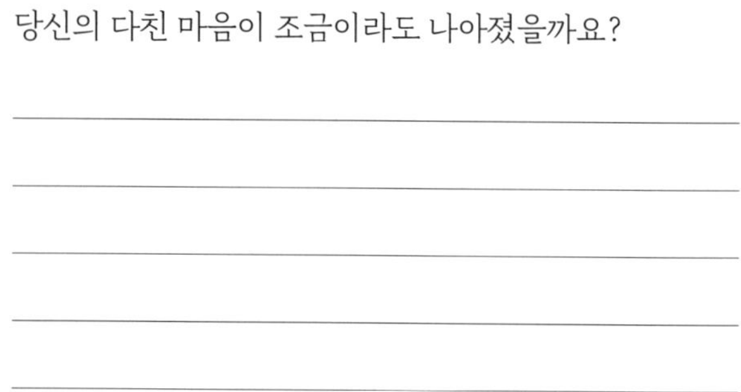

1. ▶ 사라진 모든 것들에게
2. ▶ 사해
3. ▶ 위로
4. ▶ 흔적

마음 위로 1~4

부디 이 위로가 당신의 마음을 따뜻하게 안아주었으면 하는 마음으로…

마음위로 1

마음위로 2

마음위로 3

마음위로 4

순간에 모든 아픔이 극복되는 건 힘이 들지만,

이 노래들로 통해 당신의 마음이 조금이라도 편해지기를

이 책을 읽고 있는 당신의 마음이 조금이라도 위로 받았으면 합니다.

당신의 마음이 조금이라도 위로를 받았을까요?

---

1. ⏵ enough
2. ⏵ 이밤을 살아가는 너에게
3. ⏵ 꿈에
4. ⏵ 안아줘요

적당한 공격력이 필요할 때

경험하라!

다채롭게 인생을 만들어 나가는 건 나의 선택
지금은 공격력을 길러야 할 때.

지금 당신은 공격력이 필요한가요?

꾸준한 수비력이 필요할 때

니마음 챙기라!

마음을 크게 다치면서까지 해야 할 경험이 있을까?

지금은 수비력을 다잡아야 할 때.

지금 당신은 수비력이 필요한가요?

?

'물음표'를 던질 차례입니다.

왜? 도전하고 싶은 거야?

왜? 도전하기 싫은 거야?

왜? 포기하고 싶은 거야?

왜? 포기하기 싫은 거야?

왜? 그냥 있는 거야?

왜?

스스로를 데리고 살아가야 할 나의 삶인데,

왜 고민하지 않는 거야?

도대체, 왜!

!

'느낌표'를 던질 차례입니다.

아쉬워! 맛있어! 부족해! 재미있어! 즐거워! 지루해! 행복해! 외로워! 만족해! 웃겨! 긴장돼! 슬퍼! 짜릿해! 놀라워! 부러워! 아름다워! 신기해! 더 알아가고 싶어! 궁금해! 두근거려! 신나! 속상해! 귀여워! 너무 좋아!

오감을 넘어, 매순간 우리는 감각하는 존재이다.
감각하며 순간을 살아가자.
감각을 잊지 말자.
인생의 시간은 생각보다 금방 지나가버린다.

아무것도 느끼지 못한 채, 감각했던 순간은 경험하지 못한 채,
나중에 아쉬움만 감각하는 순간만을 남기지 말자.

그러기에 나의 삶이 너무 순식간에 지나간다.

오늘, 당신의 오감으로 감각했던 경험은 무엇인가요?

마음
고사

다음 중 아래의 [보기]에 해당하는 마음 상태가 있는지 확인 하시오.

[보기]

편안: 편하고 걱정 없이 좋음

평안: 탈이 없이 무사히 잘 있음

안도: 어떤 일이 잘 진행되어 마음을 놓음

안정: 바뀌어 달라지지 아니하고 일정한 상태를 유지함

안온: 조용하고 편안함

자연스럽게 흘러가며 나 다움을 잃지 않을 때,
우리 모두는 각자의 색깔대로 좋은 기분을 가질 수 있다.
그 좋은 기분의 끝엔
편안, 평안, 안도, 안정, 안온함이 기다리고 있다.

마법의 주문

오늘도 편안한 저녁,

그리고 편안한 밤 되세요 🌙

해가 질 무렵부터 다음 해가 뜰 무렵까지,

모두들 마음 속 고요함을 찾으며 하루의 마무리를 잘 하길 바라는 마음으로 :)

그리고

무조건적인 박수갈채, 일방적인 칭찬, 편향적인 응원을 보낸다.

그대에게

충분해

잘될 거야.

분명. 장담해요.

그럴 만한 가치가 충분히 있는 당신이기에.

You deserve it all ♥

enough

나의 소중한 그대들에게

1. 2014년 ㅇㄱ중학교의 남중 첫 담임이자 인생 첫 담임, 잊을 수 없는 첫 시작 1-4
2. 2015년 ㅇㅅ중학교 첫 담임, 새로운 학교에서 함께 새로운 시작 1-3
3. 2016년 ㅇㅅ중학교 첫 중3 담임, 포용하라 사랑하라 3-2
4. 2017년 ㅇㅅ중학교 영국 파견근무와 함께 다사다난했던 한 해
5. 2018년 ㅇㅅ중학교 기다림의 미학, 애정 가득한 3-2
6. 2019년 ㅇㅅ중학교 마지막 제자, 나의 교직 인생 반 3-2
7. 2020년 ㅅㅇ중학교 코로나 시기에 함께 하지 못해 아쉬움 많았던 3-12
8. 2021년 ㅅㅇ중학교 이과성향 뿜뿜 똑똑이들 3-5
9. 2022년 ㅅㅇ중학교 2-8, 2-9, 2-10, 2-11, 2-12

10. 2023년 ㅅㅇ중학교 3-10, 3-11, 3-12, 3-13 처음으로 2년째 함께한 그대들

11. 2024년 ㅅㅇ중학교에서의 마지막 3-1,3-2, 3-12, 3-13 둘째 엄마(12, 13반)

선생님과 함께한 시간들 속에서 그대들의 마음에 남는 순간들이 한 가지라도 있길 바라.

매 순간 그대들에게 조금이라도 좋은 영향을 주기위해 선생님은 진심을 다했었다. 이 마음이 수많은 그대들 중 한 명에게라도 전해졌다면 나는 되었다.

그대들은 몰랐겠지만,

그대들이 각자의 빛남으로 잘 성장하고 성숙해 나가는 모습은 소중한 나만의 비타민이었다.

서로의 시절 속 소중한 인연이기에, 지금까지의 인연들을 떠올리며 기록으로 남겨본다.

10년 넘는 시간 동안 쌓아온 그대들과의 추억을 때론 하나씩 나의 기억에서 꺼내볼게.

멀리 있어도 그대들 인생을 재희 샘이 항상 응원한다는 것을

기억해 :)

잘 지내지?

혹시나 이 글을 우연이라도 읽게 된다면,
그대들 마음에 연락할 여유가 있다면,
그대들의 안부를 전해줘.
이 험난한 세상
고군분투하며 잘 살아가고 있다고 말이야 :)
나의 인연들이 각자의 위치에서 잘 살아가고 있는지 문득 궁금하지, 샘은.

그대들의 소식이 없더라도,
무소식이 희소식이니, 내 새끼들은 각자의 삶을 잘 꾸려가고 있다고 믿어.

@sbjhee @jhee_et
연락해 :)

가끔 그때를 꺼내 보며

힘이 들거나 예전이 그리울 땐 반짝이던 우리가 함께했던 시절을 때론 꺼내보며
더 넓은 세상에서 각자의 반짝임을 지켜 나가길 샘이 바라.

나의 그대들, 언제 어디서나 응원해.
좋은 기운 가득 받아.

그리고,

너가 되어봐.

낮완밤안

고군분투하며 완벽주의자를 모방하며 달려온 낮의 나를, 밤에는 오롯이 안아주며 다독이는 시간을 가져야 한다. 어디서 이런 말을 들은 적이 있는 것 같다. '고성능일수록 더욱 잘 돌봐야 한다.' 고 말이다. 왜냐면 고성능은 더 열심히 자신의 에너지를 몰입해서 쏟아내기 때문에 갑자기 무기력해질 때가 있지 않을까 싶은 생각이 든다.

잊지 말 것.

낮엔 고군분투해온 완벽주의자를
밤엔 안아주자.

스스로를 안아줄 수 있는 당신만의 특별 처방은 무엇인가요?

품격 없는 말의 냄새를 조심해

1.

'이상형이 어떻게 되세요? 혹시 중요하게 생각하시는 부분 같은 게 있을까요?'

소개팅에서 항상 묻고 답하는 질문 중에 하나인 것 같다. 음료를 시키고 10분쯤 지났을까? 예상했던 이 질문에 나만의 생각을 답하고 같은 질문을 되물었다.

상대는 이렇게 말을 했다. '아… 저는 부모님의 노후가 준비된 분이요!'
'타이머가 작동되는 순간이었다.'
'내뱉어지는 한 문장, 하나하나 모인 상대의 말로 모든 걸 예측하게 되는 순간이 있다.'
….

'저는 소개팅 할 때 5번은 꼭 보는 것 같아요. 어떠실까요?'

('어쩌라고.')

2.
'아 혹시 좋아하는 스타일이 있으세요? 외적으로요.'

소개팅에서 이 질문도 많이 나오는 질문 중에 하나인 것 같다.
'아 저는 그런 건 특별한 건 없는 것 같아요. 대화가 잘 통하는 게 좋더라구요!'
'어떠세요? OO 님은요?'
상대는 이렇게 말을 했다. '아… 저는 피부가 거슬리면 안 되는 것 같아요. 그리고 살쪘다고 느껴지면 매력이 없

더라구요!'

'내면에서 갸우뚱이 넘치는 순간이었다.'

('남은 판단을 하면서도 정작 자신의 모습은 냉철하게 인지하지 못하고 있구나…')

같은 말이라고 어떻게 내뱉느냐에 따라 다른 기분으로 다가올 때가 있는 것 같다.

'다음 주 주말에 혹시 시간 되실까요?'

('가지가지 한다. 증말')

결국,
결구

건축에 관한 다큐를 보는데 전통 건축과 한옥의 구조에 대해서 설명하는 내용이었다. 나도 모르게 한참을 빠져 들어 보고 있다가 마주친 하나의 단어.
바로 이 단어 '결구'였다.

전통 건축에서의 결구법이라는 게 있는데 우리가 흔하게 알고 있듯이 못이나 접착제를 사용하여 목재 부재를 고정하는 것이 아니라, 그러한 다른 물질의 도움 없이 목재 부재 자체를 구조적으로 견고하게 끼워 맞추는 것이라고 한다. 다시 말해서 결구(結構)란 '일정한 형태로 얼개를 만듦', '서로 끼워 맞추다. (짜맞춰서 본질을 있는 그대로)'라는 사전적 의미를 가진다.

내가 기대하고 바라는 이성과의 관계가 이러한 것이라는 생각이 드는 요즘이다.

서로 있는 그 자체로 본질을 바꾸지 않고,
나는 나로 있다가 너는 너로 있다가,

자연스러운 모습으로 서로가 결구 될 수 있는 관계.
소개팅을 나가서 '어떤 분을 만나고 싶으신 가요?' 라는 질문을 받는다면
이렇게 말해볼까?!
'아 서로 결구 될 수 있는 관계를 만들 수 있는 사람이요.'

당황스러운 표정을 짓더라도 이 대답을 듣고 더 대화를 이어 나갈 수 있는 사람,
그러한 상대가 내가 찾고 있는 나의 인연이지 않을까 싶다.

본질을 있는 그대로 서로 끼워 맞출 수 있는 관계.

나는 나로,
너는 너로

있다가 만나자.

잘 오고 있는 중이지?

중간에 이상한 장애물 잘 피하는 거 잊지 말고.

근데 언제쯤 도착해?

마중 나가게.

내가 사랑하는 걸 사랑스럽게 바라 봐주는

예전에는 내가 사랑하는 걸 상대도 사랑했으면 하는 욕심이 많았다.
요즘에는 내가 사랑하는 걸 사랑스럽게 바라봐주는
상대의 그 마음이 좋다.

나도 상대가 사랑하는 걸 사랑스럽게 바라보며
서로가 서로를

상상만 해도 너무 사랑스럽잖아!

그 마음이
사랑스러워!

이토록

어려울 줄 몰랐다.
나이를 먹을수록, 세월이 흐를수록, 나만 잘하면 되는 게 다가 아닌 일들이 점점 늘어만 간다.
내가 바꿀 수 없는 것 들에는 그럴 수 있다는 마음가짐으로, 너무 많은 에너지를 쏟아 붓지 말고
내가 바꿀 수 있는 것들에 더 신경을 쓰려고 하는 요즘이다.

그리고 가장 중요한 건,
바꿀 수 없는 것과 바꿀 수 있는 것을 구분하는 혜안이다.

그게 참 어려운 요즘이다.

참을 수 없는 존재의 무해함

'무해함' 이란 '(무엇이, 또는 어떤 것이 다른 것에) 해로움이 없다.' 라는 사전적 의미를 가지고 있다.

무해함을 가져다주는 존재라니!
이토록 귀여울 수가 있나?
나에겐 멍뭉이들!
특히나 누룽지 골댕이들과 시고르자브종!!

무해한 것들이 가져다주는 행복감이 있다.
나는 이 복잡한 세상 속, 특히나 요즘 나에게 해로움을 끼치는 것들이 늘어나는 상황 속에서
나를 보호하기 위해 무해한 것들이 안겨다주는 귀여움을 과잉으로 찾아 느끼고 있는 중이다.
그리고 웃는다. 귀여워 죽겠네, 요놈들.

그거 아니?
나도 개상인데 말이지.
통했다 우리.

참을 수 없는 존재의 무해함.

당신에게 무해함을 가져다주는 존재는 무엇인가요?

용기 있는 고백

나는 원래 내가 힘든 점을 잘 표현하는 스타일이 아니다. 나 혼자 감당하고, 나 혼자 고민하고, 나 혼자 긍정적으로 승화하려고 하려고 내면속에서 혼자 질문하고 답을 하며 고군분투하는 편이다. 그리고 혼자 우울하게 땅을 파지 않기 위해 나는 새로운 경험들을 하러 바깥으로 나간다. 그래서 주변에서 혹은 친구들이 보았을 때 나는 혼자서도 잘 놀고 외로움도 잘 안타고 밖에 잘 돌아다니는 활발한 외향형으로 보는 경향이 있다. 극복하려고 나가는 줄도 모르고 말이다. 30년 넘게 이렇게 살아온 터라 지금까지 별생각이 없었지만…

요즘 들어 이런 생각을 하게 되었다.

나는 누군가의 고민을 들어주고, 위로해 주며 긍정적인 에너지를 심어주려고 다독이며 사람들 과의 관계를 맺어왔다. 상대방에게 내가 도움이 될 수 있다는 사실이 좋았다. 그런데 정작 내가 무거운 고민들을 안았을 때, 편하게 털어놓을 수 있는 친구가 없었다. 나의 정신적 지주인 엄마와 아빠에게도 걱정하실 까봐 털어놓을 수 없는 그런 고민들을 말할 수 있는 친구가 아무도 없다는 생각이 들었다. 그리고 이런 고민을 내가 사실 잘 들어 내지도 않았던 터라 그랬을 수도 있고 말이다.

요즘은
나의 고민과 약한 부분을 드러내려고 용기를 내어보는 중이다.
내가 모든 부분에서 단단하지 않다고 용기를 내어보는 중이다.
나도 상처받은 힘듦이 있다고 말하는 용기를 내어보는 중이다.

용기를 내어 이렇게 고백해 본다. 나도 힘든 게 있단다,

얘들아… ㅎㅎ

이제 내 마음이 좀 부드러워졌으려나?

당신도 용기 내어 고백해 보는 건 어때요? 그 고민을 함께 나눠줄 친구가 분명 있을 거예요!

삶과 경제를 공유하는 현실

이것이 바로 결혼이라고 릴스에서 본 적이 있다.

[출처-양 브로의 정신세계]

나에게 가장 쉽지 않은 퀘스트이다.
사실 임용고시 공부보다 이렇게나 더 힘들 줄은 몰랐던 것 같다.

엄마가 항상 하시는 말씀.
'넌 결혼하면 그림같이 살텐데 말이야.'

난 '그러게~' 하고 웃으며 넘겨버린다. (그러고 싶은 놈이 있어야 그림같이 살지 하면서 ㅎㅎ)

연애에서 시작하여 결혼까지 결실을 맺어 서로의 이해와 배려를 매 순간 일상에서 실천하는 세상 모든 부부들을 존경합니다.

그리고 나의 친애하는 친구들이여,
빠른 육퇴를 기원합니다.
존경합니다.

이런 미래

고군분투하며 각자의 전투에 몰입한 후,

우리가 돌아갈 곳은 편안하고 아늑했으면 좋겠어.

맥주 한 캔에 과자 한 봉지면 충분하지 않을까?

우리 이렇게 각자의 전투를 마치고 만나자.

이런 마음

우리 서로 판단하지 말고 이해하자.

각자 다른 별에서 살다가 이렇게 만난 것도 너무 소중한 인연이자 운명인데

이런 마음으로,
우리만의 규칙도
하나하나씩 늘려가면서,
평생을 잘 조율하며 우리만의 세계를 만들어 볼래?!

재미있게!

이런 노력

그리고 때론 서로에게 섭섭하여 다툼이 있더라도,
마지막엔 항상

손잡고, 안아주고, 기억하자.

서로의 소중함을 잊지 말고
100세 시대인 요즘,
할아버지, 할머니가 되어서도 말이야.

평균 수명이 길다.
한 번뿐인 이 생을 건강하게 보내며, 아름답게 나이 들자. 같이.

(또한 내 인생에서 결혼은 단 한 번만 제대로 하고 싶기에.)

무시해도 괜찮다

그곳에 쓸 에너지가 없다. 그러거나 말거나.

나의 소중한 에너지를 헛된 곳에 낭비하지 말자.

분노가 솟구친다면 나에게도 좋은 영향을 미치지 않기에 나에게 가치 없는 사람에게는 분노를 할 필요가 없다.

무시할 건 무시할 줄 아는 현명함이 필요하다.

그것을 무시한다고 해서 무시무시한 일이 일어나는 일은 없다.

때론,

그냥 쌩까라.

왜냐,

나를 색안경 끼고 본다면 답이 없으니까, 결코 바뀌질 수 없다.

그러므로,

무시해도 괜찮다.

헷갈리게 하는 건, 거짓말

끌리면 하게 돼 있다.

상대방의 행동으로 진정한 마음을 알 수 있다.
행동에 진심이 묻어나기 마련이다.

절대 말만을 믿지 말고
말로 내뱉은 것이 행동으로 보이지 않는다면,
말로서 당신을 헷갈리게 한다면 그것은 거짓말일 가능성이 크다.

행동으로 표현되는 게 진심이다.

앞에서도 한 번 말했지만,

혼자서 내가 마음에 드는 결론으로 합리화를 하지 말도록.

내가 계속 그런다면

내가 결국 틀렸다.

Be Careful.

도전하지 마,
색다르게

가지 말아야 할 길을 피할 줄도 알아라.

현명한 자만이 피해야 할 때를, 기다려야 할 때를 판단하고 행할 수 있다.

이 과정에서 특히 나에게 적합하지 않은 조언을 가려낼 줄도 알아야 한다.

모든 조언을 다 귀담아들을 필요가 없다.

그 중에는 나를 시기 질투하여 나를 위한 길을 험난하게 만들며

내가 가고 싶은 길을 빙빙 돌아가도록 도와주는

'조언을 가장한 방해 공작'이 있을 수도 있다.

그러니 때론

도전만이 답은 아니다.

때론 피하거나, 기다림이 필요한 도전도 있다.

도전하지마.

이게 바로 허를 찌르는 거지.

안 하던걸 해보는 중입니다

최근 1년간,

'안 하던걸 해보자!'는 마음가짐을 가졌던 것 같다.

봄에는 공복 유산소에 꽂혀서 새벽에 일어나서 처음 러닝을 하고 허겁지겁 출근도 해봤다. 결국 무리가 되었는지 발목이 안 좋아져서 중간에 재활치료로 끝이 난 러닝이었지만… 지금도 내 발모가지의 안녕을 위해 실내 사이클 라이딩으로 대체하고 있다.

여름에는 나의 커리어 필드 내에서 도전적인 새로운 일들을 맡아 경험하고 내 전공과 전문성을 보다 단단하게 깊이 있게 영글어갈 수 있었다.

가을에는 10년 동안 나의 막연한 로망이었던 독립 서적 출판을 목적으로 한 글쓰기에 집중하며 나의 주말을 채워 나갔었다. 방황하는 나의 마음과 정신을 글쓰기로써 다독이며 풍성하게 만들어 갔다면 헬스장에 가면 유산소만 했던 과거의 나와는 달리 기구, 덤벨 운동과 데드리프트 통해 나의 몸과 근육의 힘을 더 단단하게 끌어올렸었다. 왜 헬스장에서 남자들이 근력운동을 할 때 그렇게 소리를 내는지 충분히 공감할 수 있는 계기가 되었고, 나도 동조하고 있는 요즘이다.

겨울에는 20살 때 이후 처음으로 7:7 미팅이란 것도 경험하며 소개팅이 들어오면 거절하지 않고 나갔고 다양한 분야의 사람들을 만나보며 움츠려 있던 나의 연애 세포를 다시 깨워보려고 고군분투하고 있는 중이다. 아직 나의 인연을 찾고 있는 중이긴 하지만 말이다.

반복되는 일상 속, 점점 익숙한 것에 마음을 기대고 새로운 것을 도전하는 것에 대한 두려움이 늘어나는 느낌이 들 때,

‘안 하던걸 해보는 것’을 추천한다.

한 번뿐인 인생, 다채로운 경험과 자극을 통해 진정한 나다움을 계속 찾는 여정인 것 같다.

해보자! 그냥.

새로움이 가져다주는 신선한 자극을 느껴봐!

꿈은 외롭고
맘이 붐빌 때

집에 있다면 창문을 열고 잠깐 환기를 시켜 보자.
무거웠던 공기를 밖으로 내보내며 조금 차갑지만 내 안이 조금 가벼워질 수 있도록 말이다.
그 다음 내가 가장 편하게 느끼는 의자나 소파에 앉아보자.
그리고 떠올려 보자. 지금 무엇을 가장 먹거나 마시고 싶은지를.

간단한 걸로 떠올려보자.
집에 있다면 만들어도 되고, 없다면 배달 앱을 켜서 주문을 하자.
미각으로 고민을 떨칠 준비가 되었나요?
미각의 기쁨만을 단순히 느껴보는 순간을 즐겨보자.
그 다음 나는 펜을 들고 현재의 나를 들여다보는 기록의 시간을 가져보자.

당신은 무엇을 하며 스스로를 들여다볼 수 있을까요?
그것을 해보아요.
없다면, 저처럼 연필이나 펜을 들고 내 안의 무거움을 기록으로 들어내며 좀 더 가벼워져 보아요.

지칠 수 있어요. 누구나.
자연스러운 거예요. 이상한 게 아니에요.
그럴 땐, 나를 들여다보고 꿈이 이끄는 현실을 살아가기 위해 매 순간 노력하는 중이에요.
함께 해요:)

내가
좋아하는 걸
좋아하는 마음

내가 무엇을 좋아하고
내가 무엇을 할 때 행복감을 느끼는지
나 스스로가 잘 알고 있는 게 중요하다고 생각한다.
그래야 내가 지쳐도 다쳐도 아파도 슬퍼도 무기력해도
짜증이 나도 우울감이 몰려와도
고립되지 않고 잘 회복할 수 있을 것이다.

적어보아요. 당신이 좋아하는 걸!

참고로 저는 이런 것에 행복을 느껴요. (추천목록)

[쏘니 힐링. 축구 경기. 퇴근 후 영 필라테스. 꽃 시장에서 득템한 덜 핀 작약 한 아름. 그리고 작약 내음 맡기. 그와 손잡고 포옹하기. 영화관에서 영화보기. 종이책. 사각사각 연필 소리. 오운완. 산책. 가을의 단풍과 낙엽. 초봄의 연 초록. 손 편지. 수업 시간 학생들과 티키타카. 눈 내리는 겨울. 봄 냉이. 여름 수박. 가을 무화과. 겨울 딸기. 꾸덕꾸덕한 라떼. 내가 좋아하는 카페에서 책 읽기. 양재천 산책. 반포 한강공원의 한강 라면. 헤드폰 끼고 근력운동. 랜덤 플레이로 좋아하는 노래 발견하기. 꾸덕꾸덕한 스콘. 겉바속촉 까눌레. 파리바게트 베이비슈를 한입에 다 넣기. 저녁드라이브로 느끼는 강변북로의 야경. 일할 때 스벅 아아 한 모금. 만보달성. 문장과의 만남. 귀여운 생명체. 크리스마스와 연말의 무드. 생일 축하.

* 주의! 이 모든 것들을 사랑하는 사람과 함께 한다면 그 행복은 10000000배가 넘을 수 있음.]

지금이,
Belle Époque

본업 모드에서 어느 날 아이들과 이야기를 하고 있는데 그들의 '꺄르르 꺄르르' 하는 모습이 너무 귀여웠다. 그 시절만의 생동감과 해맑음!
그 모습을 보고 내가 '너네 참 좋은 시절이다~ 지금을 즐겨 충분히!'라고 말했다.
내 모습을 보고 한 아이가 이런 말을 했다.
'샘~! 샘도 오늘이 가장 젊은 날이에요 꺄르르 꺄르르'

평소에 친구들이 나이듦에 대해서 한탄하면 내가 항상 그들에게 해주던 말이었다.
그 말을 이번에 내가 반대로 듣는 입장이 되니 무언가 색다른 기분이 들었다.

그래 맞아. 나중에 지금의 나를 그리워하지 말고
오늘이 가장 아름다운! 좋은 시절이라고 생각하며 무탈

함에 감사하며 힘을 내어보자.
이렇게 아이들을 통해서 내 마음을 들여다볼 수 있을 때가 많다.
오늘은 퇴근 후 합정역 근처에 있는 에포크 카페에 가서 고소한 라떼 한잔 마셔야지!

지금, 가장 아름 답자!
지나가고 또 아쉬워하지 말고 지금의 나의 아름다움을 느끼자.

때론
마음이
구부러져도

내 마음속에 항상 새기며 일상을 살아가는 두 단어가 있다.

'Stay beautiful'

나만의 아름다움을 발견할 줄 알며
때론 마음이 구부러져도
다시 나만의 아름다움을 쌓아가고
시간이 지남에 따라서
또 다른 나만의 아름다움을 새로이 정비하며
시절에 맞는 여러 아름다움을 쌓아가며
아름답게 나이 들어가고 싶다.

Eventually, Stay beautiful

그리고 각자의 아름다움은 다르다. 그걸 잊지 않았으면.

막상
때론

막상
지나고 보면 지금 했던 고민이 그냥 해결되어 있을 지도 몰라요.
때론
조급해 말고 그냥 기다리는 것이 의외의 답이 되는 것도 같아요.

작품 '고도를 기다리며'가 생각나는 순간이네요.
당신이 기다리는 고도는 지금 무엇일까요?

너무 오래 기다리진 않기를 바라.
짜잔! ^^

나의 지난,
마음먹기

저의 매달의 끝과 시작에서, 제가 마음을 먹은 문장들이에요.
완전하진 못해도 내가 불안정한 마음 상태 일 때 기댈 수 있는 문장들이 있어서
스스로를 잘 다독이며 한 해를 건너온 것 같아요.

1월 : 너무 애쓰지 말고 부여잡지 말고 편안한 마음을 되찾자.
2월 : 나에게 좋은 순간들을 선물하자. 좋은 인연과 만남을 가꾸어 가자. 그 순간이 모여 나의 삶이 될 테니
3월 : 푸릇푸릇하게 피어오르는 새싹들처럼, 나를 위해 싱그러운 마음으로
4월 : 네가 떼쓰고 떼 부린다고 살 수 있는 그런 쿠키 같은 게 아니야

5월 : 내가 좋은 에너지를 느낄 수 있는 것에 마음 쓰며, 유려하게 5월

6월 : 소소해도 확실한 변화를 만들어내는 나의 능동적인 파닥임을 응원해

7월 : 고민했고, 기다렸고, 무엇이든 완결의 서사를 만들어 나갈 것

8월 : 일시정시의 시간, 더 멀리 더 높이 뛰기 위한 발판

9월 : '득'을 바라보라, 이점만 보일 것이다

10월 : 환절기의 길목을 잘 통과하며 새로운 변화도 기대해보아

11월 : 드러내지 말 것, 다시 내 마음에 윤기를 내어보자

12월 : 그간 참 별일이 많았지? 행복에 틀이 없는 좋은 사람들과 연말을 따뜻하게 보내자.

예측할 순 없어도

무엇이든 예상할 수 없는 순간이네요.

무엇이든 예측하지 않게 되는 요즘이네요.

나도, 세상도 말이에요.

무탈하게 별일 없이 보내는 하루가 행복인가 생각이 들지만

그래도 다시 마음먹어보아요 우리.

몇개라도 얻어걸리면^^ 럭키!

체하지 않게 한 번에 기록하지 말아요.

이 페이지 한 켠을 접어둔 채, 매달의 시작마다 마음먹어보길 바라는 게 저의 마음이에요.

1월 :

2월 :

3월 :

4월 :

5월 :

6월 :

7월 :

8월 :

9월 :

10월 :

11월 :

12월 :

짝짝짝! 잘했어요 멋진 그대.

마지막으로

단순하게 살아.

그리고,

편안한 마음을 되찾았으면 해.

나도

당신도

Special Thanks to

언제나 나를 응원해주고 무한 애정을 보내주는 나의 아름다운 조력자, 김마미

항상 나를 걱정한다고 잠 못 이루는 나날을 보내고 있는 나의 이상형 가드, 하파파

당신을 존경하고 사랑합니다.

-당신의 온니 러브, 재희

?